REMÈDE

CONTRE

L'AMOUR MALHEUREUX

INDIQUÉ PAR PIERRE CORNEILLE

par

M. Charles BATAILLARD

AVOCAT, MEMBRE DE L'ACADÉMIE DES SCIENCES, ARTS ET BELLES-LETTRES
DE CAEN

CAEN

IMPRIMERIE DE F. LE BLANC-HARDEL

RUE FROIDE, 2 ET 4

1875

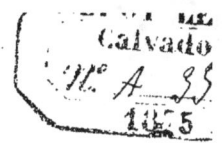

REMÈDE

CONTRE

L'AMOUR MALHEUREUX

INDIQUÉ PAR PIERRE CORNEILLE

par

M. CHARLES BATAILLARD

AVOCAT, MEMBRE DE L'ACADÉMIE DES SCIENCES, ARTS ET BELLES-LETTRES
DE CAEN

LBH

CAEN

IMPRIMERIE DE F. LE BLANC-HARDEL

RUE FROIDE, 2 ET 4

—

1875

Extrait des Mémoires de l'Académie des Sciences, Arts et Belles-Lettres de Caen.

REMÈDE

CONTRE

L'AMOUR MALHEUREUX

INDIQUÉ PAR PIERRE CORNEILLE.

Je ne veux point médire de l'amour. On sait cependant qu'il fait parfois le malheur des humains. Souvent contrarié par l'autorité paternelle, par des convenances d'âge, de fortune ; de conditions sociales, par d'impérieux devoirs ou par de très-nobles passions, il conduit aux larmes, aux gémissements, au désespoir, aux dernières extrémités. Il faut alors le combattre, et c'est pour mettre un terme à ces crises douloureuses que le grand Corneille, dans ses principaux chefs-d'œuvre, indique certain remède avec une persévérance qui témoigne de sa confiance dans son efficacité.

Lisons le *Cid*. Rodrigue, fils de don Diègue, aime Chimène, fille du comte de Gormas ; il est payé de retour ; ils sont fiancés. Une injure grave, faite par Gormas à don Diègue, oblige Rodrigue à se battre en duel contre le comte. Il le tue. Il a fait son devoir et vengé son père ; mais Chimène doit demander au

— 4 —

Roi justice contre le vainqueur. Peut-elle encore épouser celui qu'elle adore ? Il est le meurtrier de son père ! De son côté, Rodrigue peut-il espérer la main de celle qu'il a rendue orpheline ? Que lui dit son père pour le guérir de l'amour qui fait son désespoir ?

Nous n'avons qu'un honneur, il est tant de maîtresses (1) !

Rodrigue a compris à demi-mot. Quoi ! s'écrie-t-il,

Quoi ! vous m'osez pousser à la honte du change !
. . . .
Mes liens sont trop forts pour être ainsi rompus... (2).

La pensée de Corneille est voilée ; la situation l'exigeait. Elle se dessine plus nettement dans un autre de ses ouvrages.

La fille du vieil Horace, Camille, est fiancée à l'un des Curiaces ; mais les Romains et les Albains vont se livrer, au pied des murs de Rome, une bataille qui doit assurer le triomphe des uns et leur domination, et consommer la ruine et l'esclavage des autres. Camille est fort perplexe : je verrai, dit-elle,

Je verrai mon amant, mon plus unique bien,
Mourir pour son pays ou détruire le mien ;
Et cet objet d'amour devenir, pour ma peine,
Digne de mes soupirs ou digne de ma haine.
Hélas (3) !

(1) *Cid*, acte III, scène 6.
(2) *Id.*, ibid.
(3) *Horace*, acte I, scène 2.

Julie, confidente des angoisses de Camille, trouve un expédient tout simple pour la tirer d'embarras ; c'est de remplacer dans son cœur Curiace par un romain nommé Valère, qui ne demanderait pas mieux :

On peut changer d'amant. . . . . .

lui dit-elle ;

Oubliez Curiace et recevez Valère,
Vous ne tremblerez plus pour le parti contraire ;
Vous serez toute nôtre, et votre esprit remis
N'aura plus rien à perdre au camp des ennemis (1).

Cela est bien simple, en effet, et ne manquerait pas d'efficacité ; mais Camille ne goûte pas le remède ; elle n'admet pas que Curiace ait un remplaçant. Sa belle-sœur Sabine, femme d'Horace, revient à la charge avec la même proposition :

Mais l'amant qui vous charme et pour qui vous brûlez
Ne vous est, après tout, que ce que vous voulez :
Une mauvaise humeur, un peu de jalousie,
En fait assez souvent passer la fantaisie.
Ce que peut le caprice, osez-le par raison..... (2).

Enfin le vieil Horace, pour tarir les larmes de sa fille après la mort de son fiancé, lui présente à son tour ce raisonnement :

En la mort d'un amant vous ne perdez qu'un homme
Dont la perte est aisée à réparer dans Rome..... (3).

(1) *Horace*, acte I, scène 2.
(2) *Id.*, acte III, scène 4.
(3) *Id.*, acte IV, scène 3.

Mais Camille y met de la mauvaise volonté ; elle ne veut pas se laisser convaincre. On sait ce qu'il en arriva : son entêtement pour Curiace lui coûta une vie qui aurait pu être longue et heureuse, si elle eût écouté Julie, Sabine et son vieux père !

La pensée persévérante de Corneille d'éteindre *une flamme* par une autre, se représente dans *la Clémence d'Auguste*, mais dans des conditions qui la rendent d'une application difficile. Maxime, l'ami de Cinna, son complice dans la conjuration contre Auguste et son rival, après avoir dénoncé le complot pour perdre Cinna et faire agréer ses soupirs, vient offrir son cœur à Æmilie ; c'est lorsque celle-ci doit croire perdre sans ressource l'amant à qui elle a promis sa main comme prix du meurtre de l'empereur, que Maxime ose lui dire :

> Ouvrez enfin les yeux et connaissez Maxime :
> C'est un autre Cinna qu'en lui vous regardez ;
> Le ciel vous rend en lui l'amant que vous perdez ;
> Et puisque l'amitié n'en faisoit plus qu'une âme,
> Aimez en cet ami l'objet de votre flamme ;
> Avec la même ardeur il saura vous chérir..... (1).

Fi ! l'horreur ! Æmilie, si la dignité de la tragédie le lui permettait, repousserait du pied cet amoureux du genre *alter ego*. Lorsqu'il insiste, elle se contente de lui répondre :

> Maxime, en voilà trop pour un homme avisé..... (2).

L'homme *avisé* nous semble assez mal avisé !

(1) *Cinna*, acte IV, scène 6.
(2) *Id.*, ibid.

Dans le tableau du christianisme persécuté par le polythéisme dont il doit bientôt triompher, le poëte n'a pas manqué l'occasion de placer son spécifique. Sévère aimait Pauline; il était aimé d'elle; mais Pauline dépendait d'un père ambitieux, et Sévère n'avait de grandeur que celle de l'âme, et de trésors que ceux du cœur. Félix lui refusa donc sa fille.

> L'amant désespéré s'en alla dans l'armée
> Chercher d'un beau trépas l'illustre renommée (1)

Son génie militaire le fit monter au premier rang. En remportant sur les Perses une éclatante victoire, Sévère sauva l'honneur et le sceptre de Décius; mais, victime de son héroïsme, il disparut; on ne retrouva pas même son corps sur le champ de bataille ; on le crut mort, et Pauline accepta pour époux, de la main de son père, Polyeucte, « chef de la noblesse d'Arménie », province dont Félix était gouverneur. Polyeucte méritait l'amour de Pauline,

> Qui donna par devoir à son affection
> Tout ce que l'autre avait par inclination (2).

Cependant Sévère n'était point mort. Il est devenu le favori de Décius. Envoyé par l'empereur, accompagné d'une nombreuse et brillante escorte,

> Montrant assez quel est son rang et son crédit (3),

(1) *Polyeucte*, acte I, scène 3.
(2) *Id.*, ibid.
(3) *Id.*, acte I, scène 4.

il approche des portes de Mélitène, capitale de l'Arménie. Félix est au désespoir de l'avoir autrefois éconduit :

Ah ! sans doute , ma fille , il vient pour t'épouser.....
. . . .
Cela pourroit bien être.....

répond Pauline.

Il nous perdra, ma fille. Ah ! regret qui me tue
De n'avoir pas aimé la vertu toule nue (1) !

s'exclame Félix ;

Ménage en ma faveur l'amour qui le possède ,
Et d'où provient le mal fais sortir le remède..... (2).

Le remède devait se présenter dans d'autres circonstances à l'esprit de ce père, plus digne du brodequin de Thalie que du cothurne de Melpomène. Mais n'anticipons pas sur les événements.

Sévère brûle du désir de revoir celle qu'il n'a cessé d'adorer. Il le dit à Fabian , son confident :

Pourrai-je voir Pauline et rendre à ses beaux yeux
L'hommage souverain que l'on va rendre aux dieux ?
Je ne t'ai point célé que c'est ce qui m'amène (3).

Fabian sait ce qu'il en est ; il n'ignore point que

(1) *Polyeucte* , acte I , scène 4.
(2) *Id.*, ibid.
(3) *Id.* , acte II , scène 1.

Sévère arrive un peu tard. Que lui conseille-t-il pour le divertir d'un amour devenu impossible ?

> M'en croirez-vous, seigneur ? ne la revoyez point ;
> Portez en lieu plus haut l'honneur de vos caresses ;
> Vous trouverez à Rome assez d'autres maîtresses..... (1).

Indignation de Sévère. Fabian est bien obligé de lui apprendre le mariage de Pauline.

> Pauline est mariée !... — Oui, depuis quinze jours...

Sévère foudroyé en perd l'équilibre :

> Soutiens-moi, Fabian........ (2).

L'action marche. Polyeucte s'est fait chrétien, à l'instigation de Néarque. Tous deux ont renversé les autels des faux dieux, et déjà Néarque a subi la mort prononcée par Félix, conformément aux décrets de Décius. Polyeucte, « ce saint, dont beaucoup ont « plutôt appris le nom à la comédie qu'à l'église », suivant la très-juste observation de Corneille, Polyeucte, à son tour, aspire à la palme du martyr. Son beau-père entrevoit l'occasion d'employer le remède dont parlait Fabian tout à l'heure, et qui aurait le double mérite de consolider son pouvoir et de consoler le désespoir de sa fille. Polyeucte, dit-il,

> Polyeucte est ici l'appui de ma famille ;
> Mais si, par son trépas, l'autre épousoit ma fille,

(1) *Polyeucte*, acte II, scène 1.
(2) *Id.*, ibid.

J'acquerrois bien par là de plus puissants appuis
Qui me mettroient plus haut cent fois que je ne suis (1).

Pauline, par amour conjugal, et Sévère, par grandeur d'âme, s'efforcent de sauver le néophyte. En vain Polyeucte lui-même, au moment de courir à la mort, se prête, sans le savoir, aux ingénieuses combinaisons de son beau-père et veut céder sa femme à son rival :

Possesseur d'un trésor dont je n'étois pas digne,
Souffrez avant ma mort que je vous le résigne.
. . . .
Vous êtes digne d'elle, elle est digne de vous ;
Ne la refusez pas de la main d'un époux (2).

Frappés d'admiration de la mort héroïque de Polyeucte et touchés de la grâce, Pauline et Félix lui-même se déclarent chrétiens, et celui-ci ne conserve ses dignités que par la magnanimité de Sévère. Le drame ne dit pas si, par la suite, Sévère s'est aussi converti et s'il a offert à Pauline le remède propre à la guérir de l'amour inconsolable qu'elle conservait par devoir à la mémoire du martyr.

CONCLUSION.

Le spécifique indiqué par Corneille pour guérir un amour malheureux, en lui substituant le plus vite possible un autre amour, est excellent ; il est même

(1) *Polyeucte*, acte IV, scène 1.
(2) *Id.*, acte IV, scène 5.

infaillible, car il est clair que si le malade l'accep-
tait, il serait guéri. Comment se fait-il donc que, ni
Chimène, ni Camille, ni Æmilie, ni Pauline, ni per-
sonne après elles, n'ait consenti à en faire usage?
Le poëte répond lui-même à cette question :

> C'est que, quand le malade aime sa maladie,
> Il a peine à souffrir que l'on y remédie (1).

O Corneille, si justement surnommé grand, par-
donne ce badinage sans conséquence à l'un des plus
respectueux admirateurs de ton sublime génie !

(1) *Cid*, acte II, scène 5.

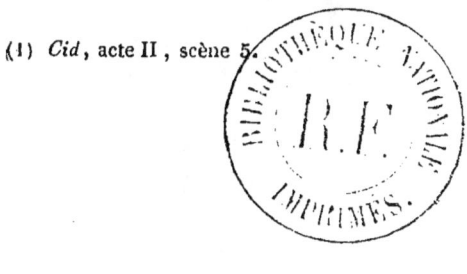

Caen, typ. F. Le Blanc-Hardel.

www.ingramcontent.com/pod-product-compliance
Lightning Source LLC
Chambersburg PA
CBHW061435170626
46811CB00005B/2287

* 9 7 8 2 0 1 9 5 4 6 1 6 8 *